First Edition 2003
Paperback Edition 2006
Spanish Language Hardcover Edition 2006
Spanish Language Papercover Edition 2006

HOOPOE

Published by Hoopoe Books,
a division of The Institute for the Study of Human Knowledge

Visite **www.hoopoekids.com** para ver más títulos,
CDs y DVDs, y para bajar información sobre
historias de enseñanza™ y manuales
para padres y maestros.

ISBN 1-883536-86-3

Library of Congress has catalogued a previous English language only edition
as follows:

Shah, Idries, 1924-
     The man with bad manners / by Idries Shah ; illustrated by Rose Mary Santiago.-- 1st ed.
        p. cm.
     Summary: A clever boy and other villagers devise a plan to improve the manners of one
of their neighbors. Based on a folktale from Afghanistan.
      ISBN 1-883536-30-8 (hardcover)
      [1. Folklore--Afghanistan.] I. Santiago, Rose Mary, ill. II. Title.

    PZ8.1.S47Man 2003
    398.2--dc21
    [E]
                                                                            2003050816

El hombre maleducado

Escrito por

Idries Shah

HOOPOE BOOKS

BOSTON

UNA VEZ, hace muchos muchos años, cuando los pájaros volaban al revés, había una aldea.

Cada persona que tenía una casa en la aldea
también tenía una parcela de tierra. Y en
sus parcelas cultivaban papas y zanahorias
y coles y toda clase de otros cultivos.

Bueno, toda la gente que vivía en la aldea era muy amable y educada, excepto por un hombre que tenía muy malos modales.

Cuando alguien decía "buenos días" al hombre maleducado, el decía "bla, bla, bla." Y cuando alguien le decía "buenas tardes", el decía "bli, bli, bli."

La gente se enojaba cuando él hacía esto, y le decían, "¿Por qué usted tiene tan malos modales?"

Pero él solo decía, "bla, bla, bla." Salvo, por supuesto, cuando decía, "bli, bli, bli."

Pintaron las paredes de adentro de la casa.
Pintaron todos los muebles. Y cambiaron de
lugar todas las cosas para que todo pareciera
bien diferente.

No mucho tiempo después, el hombre maleducado volvió. Mientras él caminaba por la aldea, decía "bla, bla, bla" y "bli, bli, bli" a toda persona que veía, y golpeaba latas tan fuerte como siempre. ¡BANG! ¡BANG! ¡BANG!

La gente lo rodeó, y el niño listo dijo, "¡Hola! ¿Quién es usted?"

"Tú sabes quién soy yo", dijo el hombre maleducado, golpeando una lata.

"Oh, no, no sabemos!" dijo la gente.

"¡Sí, saben! Ésa es mi huerta de papas", dijo el hombre, apuntando hacia su parcela de tierra.

"Pero si hay zanahorias en esta huerta", dijo el niño listo, arrancando una zanahoria de la tierra. "Ésta no puede ser su huerta."

"¡Pero mi casa está justo ahí!" dijo el hombre.

"¿De qué color es su casa?" le preguntó el niño listo.

"Tú sabes perfectamente bien que mi casa es roja",
dijo el hombre.

"Pero esta casa es verde", dijo el niño listo.

El hombre miró atentamente a su casa y dijo, "¡Dios mío! Esa casa es verde."

Y después corrió hasta la ventana y miró adentro y vio que todo era bien diferente.

"¡Pobre de mí!" dijo el hombre, rascándose la cabeza. "Tal vez yo no sea de esta aldea, después de todo."

Miró a toda la gente del pueblo a su alrededor, y después miró hacia el suelo, y de repente se puso muy triste. "Pero, si yo no soy de este pueblo ¿de dónde vengo?"

"Es un secreto", dijo el niño listo, "pero le podemos decir el secreto sólo con una condición. Usted debe prometer tener buenas maneras y hablar educadamente y portarse correctamente desde ahora en adelante. Si usted promete eso, le contaremos el secreto."

"¡Lo prometo! ¡Lo prometo!" dijo el hombre. "¡Por favor, díganmelo!"

Y entonces la gente habló al mismo tiempo. "Nosotros pintamos su casa por afuera." "Pusimos zanahorias en su campo." "La pintamos por adentro." "Pintamos todos sus muebles." "Y después, los cambiamos de lugar."

"Hicimos todo eso para enseñarle una lección", dijo el niño listo. "Pero ahora que usted ha prometido comportarse bien, cambiaremos todo a como estaba antes, y podremos vivir felices para siempre."

Entonces, el hombre maleducado prometió nuevamente cambiar sus maneras. Prometió, y prometió y prometió. Y la gente cambió todo de nuevo para él.

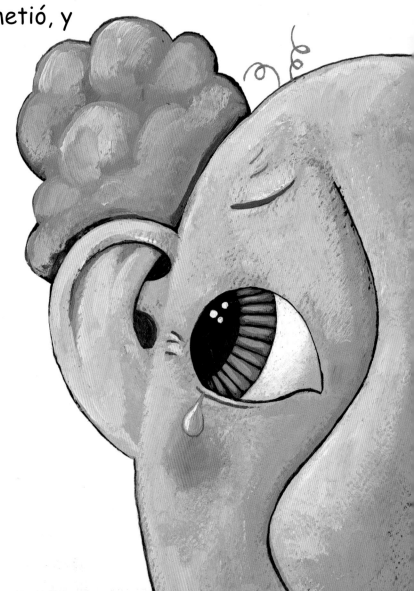

Desde entonces, cuando alguien dice, "Buenos días" al hombre, él responde alegremente, "¡Buenos días para usted también!"

Y cuando alguien dice, "Buenas tardes" al hombre, él responde educadamente, "¡Buenas tardes para usted también!"

Y él no golpeó otra lata ... nunca jamás.
Y así fue que todo el mundo, ciertamente, vivió feliz para siempre.

También de Idries Shah

For Young Readers
El hombre y el zorro
The Clever Boy and the Terrible, Dangerous Animal/
El muchachito listo y el terrible y peligroso animal
The Farmer's Wife/ La esposa del granjero
The Lion Who Saw Himself in the Water/ El león que se vio en el agua
The Silly Chicken/ El pollo bobo
The Man with Bad Manners
The Boy Without a Name
The Man and the Fox
Neem the Half-Boy
Fatima The Spinner and the Tent
The Magic Horse
World Tales

Literature
The Hundred Tales of Wisdom
A Perfumed Scorpion
Caravan of Dreams
Wisdom of the Idiots
The Magic Monastery
The Dermis Probe

Novel
Kara Kush

Informal Beliefs
Oriental Magic
The Secret Lore of Magic

Humor
The Exploits of the Incomparable Mulla Nasrudin
The Pleasantries of the Incredible Mulla Nasrudin
The Subtleties of the Inimitable Mulla Nasrudin
The World of Nasrudin
Special Illumination

Human Thought
Learning How to Learn
The Elephant in the Dark
Thinkers of the East
Reflections
A Veiled Gazelle
Seeker After Truth

Sufi Studies
The Sufis
The Way of the Sufi
Tales of the Dervishes
The Book of the Book
Neglected Aspects of Sufi Study
The Commanding Self
Knowing How to Know